KB147439

설악산 봉정암 가는 길

설악산 봉정암 가는 길

◆ 한 가지 소원은 꼭 이루어주는 기도 성지

◆

글·사진 백송 이규만

참글세상

봉바위

머리말

봉정암을 그리워하며

봉정암이라는 소리만 들어도 가슴이 설레고 눈물이 납니다.

한국불교 최고의 기도 성지로 이름이 나기까지 많은 사연을 간직한 봉정암은 나에게는 특별한 곳입니다.

함석지붕을 걷어내고 청기와가 올려지기까지 수많은 사람들의 노력과 고생이 지금도 눈에 선하기 때문입니다. 등짐으로 기와를 옮기고 시멘트와 자재들을 옮기는 모습에 환희심을 느끼고 신도들이 늘어가는 모습에 힘든 줄 모르고 불사에 참여했다는 사실에 가슴이 먹먹해집니다.

봉정암과 인연을 맺은 지 30여 년이 되었지만 참배할 때마다 새롭고 다른 감정은 무엇일까요?

흔한 말로 골백번을 오르내리면서 나무 하나 돌멩이 하나 헛되이 보지 않았고 계곡의 물소리 노래삼아 밤낮을 가리지 않고 걷던 그 산길입니다.

입구부터 느껴지는 바람에 코끝이 찡하고 설악의 냄새에 취하고 굽이굽이 돌아갈 때마다 다른 풍경을 보여주는 설악의 멋에 반하며 오직 봉정암 부처님을 참배하겠다는 일념으로 걸음을 옮겨놓았습니다.

호랑이는 죽어 가죽을 남기고 사람은 죽어 이름을 남긴다지만 이 글을 쓰게 된 동기도 30여 년 봉정암을 오르내린 결과물입니다. 많은 신도들이 길고 긴 산길을 알고 다니면 조금은 편하지 않을까 고민 끝에 용기를 내어 쓰게 되었습니다.

무작정 나서는 길보다 알고 가면 조금은 재미도 있고 어디만큼 왔는지 가늠도 될까 해서 서툴지만 남겨보려 합니다. 여러 번을 참배했어도 어디가 어디인지 모르는 신도들이 아마도 대부분일 것입니다.

어설픈 글이지만 조금이라도 참배길에 도움이 되었으면 좋겠다는 마음이며, 모쪼록 한 분이라도 더 봉정암 참배길이 쉽고 즐거운 길이 되면 고맙겠습니다.

마지막으로 봉정암을 참배하시고 소원을 이루는 불자들이 많아지시길 석가모니 부처님 전에 간절히 기도드립니다.

나무 석가모니불 나무 석가모니불 나무 시아본사 석가모니불

2018 무술년 정초에
백송 이규만 합장

백두대간 공룡능선

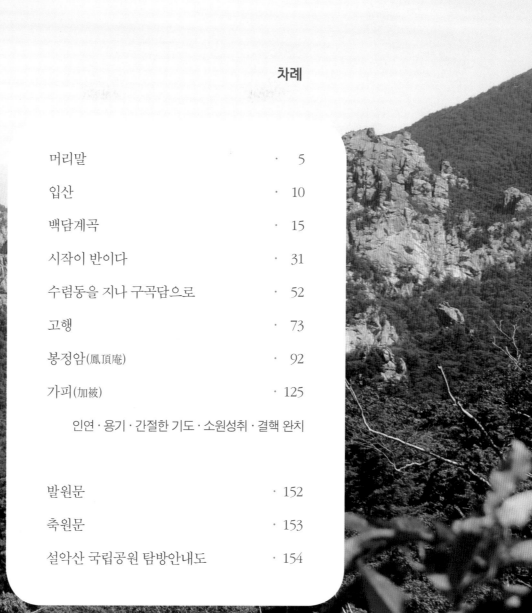

차례

입산

부처님께서 《잡아함경 47권》〈목우자경〉에서 말씀하셨다.

"마가다국에 소를 기르며 사는 목동이 두 명 있었다.

한 사람은 어리석었고 또 다른 한 사람은 지혜로운 사람이었다.

이 두 사람은 우기를 맞아 풀이 많은 곳으로 이동을 하게 되었는

데 가는 길에 강을 건너게 되었다.

어리석은 목동은 무작정 소를 몰아 강으로 들어갔고 지혜로운 사

람은 강을 살피고 있었다.

무작정 소를 몰고 들어간 목동은 급류에 휘말리고 말았다.

강을 살펴보지 않고 주인이 시키는 대로 들어간 소들은 한 마리

도 남지 않고 떠내려가고 말았다. 한편 지혜로운 사람은 강을 살

피다가 강폭이 좁고 흐름이 잔잔한 곳으로 소를 몰고 들어가 모두 강을 건너 갔다.

힘이 센 소부터 들어가고 다음에 어미 소를 들여보내니 송아지들은 어미를 따라 안전하게 강을 건넌 것이다."

이와 같이, 언제 어디서나 지혜로운 이의 안내를 받아 길을 가면 실패할 일이 없는 법이다.

설악산 봉정암은 석가모니 부처님의 진신(眞身)사리를 모신 적멸보궁 중에서 가장 높은 곳에 있는 데에다 가는 길도 험하다. 이 봉정암에 참배 가는 길은 오색약수·한계령에서 가는 길과 외설악 쪽 설악동에서 오르는 길 등 여럿이 있으나 백담사 쪽에서 올라가는 것이 제일 편하고 가깝기 때문에 일반적으로 이 길을 택하고 있다. 그래서 내가 가장 자주 이용했던 '백담사 쪽 길'을 소개하고자 한다.

그것이 크든 작든, 어떤 일을 할 때는 먼저 상황을 알아보고 행동을 해야

사미소 가기 전

후회할 일이 일어나지 않는 법이다.

　봉정암에 기도를 갈 때도 마찬가지로 길고 긴 산행을 해야 하는데, 그 길을 안전하게 가려면 제대로 된 길을 안내받아 따라가야 참배와 기도를 원만하게 회향할 수 있을 것이다.

　설악산은 아름답기로도 유명하지만 험하기로도 소문이 나 있는 산이다. 봉정암 참배길은 그중에서도 만만치 않은 곳이다. 그래서 더욱 올바른 '길 안내'가 필요하다. 자, 이제 내가 숱하게 다니며 터득한 '봉정암 순례길'을 바탕으로 함께 길을 떠나보자.

　이레(七日) 동안 몸을 정갈하게 하고 '적멸보궁 봉정암'에 기도하러 간다.

　옛날 봉정암 가는 길은 "천 명이 마음 먹고 출발하여 열 명이 도착한다."는 말이 있을 정도로 어렵고도 험난한 길이었다. 그러나 요즈음은 찻길도 좋아졌지만 산길도 많이 좋아져 큰 부담 없이 다녀올 수 있는 성지가 되었다.

　백담사 아래 용대리 마을의 옛 어른들 말씀에 따르면 예전에는 "설악산에 들어갈 때는 닭고기를 먹지 않았다."고 한다. 설악산은 닭이 날개를 펴고 있는 형국이기 때문에 닭고기를 먹고 들어가면 산신이 해코지를 한다고 전해온다는 것이다.

30여 년 전 한 마을 청년이 원통에서 닭고기와 술을 먹고 늦게 산에 들어갔다. 어두컴컴한 산길을 술기운에 몽롱한 정신으로 걷고 있는데 청룡재를 지날 무렵 앞에 이상한 모습을 한 사람이 나타나서, 그 사람과 정신없이 싸우고 싸우다 지쳐 잠이 들고 말았다. 몸이 으스스해 잠을 깨어보니 이상한 골짜기에서 자고 있는 것이었다.

정신을 차리고 보니 온몸에 나뭇가지에 긁힌 자국이 있고 몸살이 난 듯이 온몸이 쑤시고 아팠단다. 이 무슨 일인가 곰곰이 생각해보니 어제 '닭고기와 술을 먹고 산에 들어 산신님이 벌을 내리신 것'이라는 생각이 들었다. 이런 일을 겪은 청년은 그다음부터는 절대로 닭고기와 술을 먹고는 산에 들어가지 않았다.

백담계곡

한적한 시골 마을인 용대리는 조용하고 평화로운, 농촌과 산촌을 겸한 마을이다.

백담사행 셔틀버스가 있는 주차장에 도착하면 언제나 많은 신도와 관광객들이 줄을 서서 버스를 기다리고 있다.

이제부터 백담 골짜기로 들어간다. 예전에는 걸어 다니던 길을 20여 년 전부터 버스를 이용하게 되어 편해지기는 했지만 백담계곡의 아름다움을 찬찬히 볼 수 없어 아쉬운 점도 많다.

백담계곡은 마을에서부터 백담사까지 7킬로미터에 이르는 긴 계곡으로, 투명하게 맑은 물과 하얗게 어우러진 바위들이 보면 볼수록 감탄사를 연발하게 만든다. 심산유곡(深山幽谷)이라는 말이 딱 맞는 곳이다.

강교 전경

입구에서부터 백담사까지 다리 네 개가 있는데 각각의 이름이 '금·수·강·원'이다.

첫 번째 다리인 '금교'는 마을을 출발하자마자 바로 나오고 두 번째 다리인 '수교'는 약 4킬로미터를 들어가면 나온다. 예전에는 다리를 건너면 넓은 주차장이 있었는데 이제는 주차장 구실을 놓아버렸다.

'수교'를 건너 한 구비 돌아가면 세 번째 다리인 '강교'가 멋진 절벽과 함께 바로 나타난다.

'강교'를 건너 오르막이 시작되기 직전에 계곡을 자세히 보면 거북이가 머리를 쳐들고 있는 거북바위 모습이 보인다.

거북이는 장수의 상징인 동물인데, 계곡에 자리 잡고 있어서 버스를 타거나 걷는 사람이라도 자세히 보지 않으면 그냥 지나칠 것 같다.

여기까지는 평탄한 길이었지만, 이제부터는 고개를 몇 개 넘어야 백담사에 도착할 수 있다. 왼쪽으로는 가파른 절벽을 이루어 계곡을 바라보면 현기증이 날 정도로 깊다.

굽이를 몇 개 돌다보면 물길이 태극선을 그리는 곳이 보이고 좀 더 가면 고갯마루에 이른다. 이곳이 청룡재이다. 이 고개에 이르면 '백담사가 가까이

거북바위

있다'는 뜻이다.

고개를 내려가면 마지막 다리인 '원교'가 반긴다. '원교'에서 보면 시야가 확 트여 넓은 계곡을 바라볼 수 있다. 이곳 어딘가에 백담사가 자리하고 있을 것이란 생각에 가슴이 설렌다.

잠시 후 설악산 백담사(百潭寺) 일주문이 반긴다.

드디어 백담사에 도착한 것이다. 용대리 마을에서부터 버스로는 20분, 버스를 타지 않고 걸어온다면 1시간 30분 정도 걸린다.

백담사로 들어가는 수심교(修心橋)를 건너다보면 계곡에 무수히 많은 돌탑들이 장관을 이루고 있다. 하나하나 정성을 들이고 소원을 담은 탑들은 돌만큼 많은 사람들이 쌓았으리라. 계곡물이 불어나면 쓰러지고, 그러면 다른 사람들이 찾아와 다시 쌓고……. 앞으로도 그럴 것이다.

전통사찰 24호로 지정된 백담사에는 보물 제1182호로 지정된 목조 아미타불좌상이 모셔져 있고, 1919년 3월의 항일민족운동에서 불교계를 대표하며 핵심 역할을 하셨던 승려이자 시인이며 독립운동가인 만해 한용운 스님의 업적을 기리기 위한 기념관도 있다.

현재 백담사는 대한불교 조계종 기초선원으로 지정된 무금(無今)선원에

눈 덮인 백담사 일주문

서는 아직 비구계를 받지 않은 사미승들이 정진 중이고, 무문관(無門關)에서는 확철대오(廓撤大悟)로 깨달음을 이루어보고자 정진하는 비구승들이 자리를 잡고 있다.

무문관은 한 번 들어가면 깨칠 때까지, 방문을 열지 못하도록 밖에서 문을 걸어 잠그고 수행하고자 하는 스님들이 들어가는 곳이다. 이 힘든 곳에 들어가 용맹정진하려고 수많은 스님들이 순서를 기다리고 있다고 한다. 한국 불교의 희망이다.

〈설악산 심원사 사적기〉와 만해 한용운 스님의 〈백담사 사적기〉에 의하면, 백담사의 역사는 서기 647년 신라 제28대 진덕여왕 원년에 자장율사가 설악산 한계리에 한계사를 창건하고 아미타삼존불(阿彌陀三尊佛)을 조성해서 봉안하면서 시작되었다.

한계사로 창건 후 1772년(영조 51년)까지 운흥사, 심원사, 선구사, 영취사로 불리다가 1783년(정조 7년)에 최봉과 운담이 백담사라 개칭하여 현재까지 전해지고 있다.

전설에 의하면 백담사라는 사찰의 이름은 설악산 대청봉에서 절까지 크고 작은 담(潭)과 소(沼) 100개가 있는 지점에 사찰을 세운 데에서 일컫게 되었다고 한다.

백담사는 내설악의 아주 깊숙한 두메에 자리 잡고 있어서 옛날에는 사람들이 좀처럼 찾기 힘든 수행처였다. 수많은 운수납자가 먼 길을 마다하지 않고 이곳을 찾아, 백담사 계곡의 시원하게 흘러가는 맑은 물에 객진번뇌(客塵煩惱)를 털어내고 설악산 영봉의 푸른 구름을 벗 삼아 출격장부의 기상을 다듬던 선불장(選佛場)이었다. 〈백담사 사적기〉에 의하면 부속 암자 중 유지만 남아 있는 곳으로 동암, 원명암, 백련암, 축성암 등 8개 암자가 있었다.

또 백담사는 만해 한용운(1879~1944) 선사가 1905년 이곳 백담사에서 머리를 깎고 입산수도하여 깨달음을 얻고 주석하면서 〈조선불교유신론〉과 〈십현담주해〉를 집필하고 〈님의 침묵〉이라는 시를 발표하는 등 불교유신과 개혁을 추진하였고, 일제의 민족 침탈에 항거하여 민족독립운동을 구상하였던 독립운동의 유적지로도 유명하다.

보물로 지정된 목조아미타불은 1748년 영조 24년에 조성된 아미타불좌상으로 18세기 전반기의 불상 가운데 수작으로 평가되고 있다. 이외에 복장유물로는 불상신조성회향발원문 1매, 다라니서입회향발원문 1매, 황첨의 다

백담사 앞 돌탑

귀때기골 앞 전경

만자소화문황단삼회장저고리

리연화방거 한글발원문 1매, 자식점지 한글발원문 1매, 만자소화문황단삼회장저고리 1점, 유리와 수정 등의 파편 수백점을 보자기에 싼 복장물 1괄이 보관되어 있어 당대의 복식 연구에 귀중한 자료로 평가되고 있다.

또한 1988년 겨울부터 전두환 전 대통령의 피신처로 소문이 번져 더욱 유명해지기도 했다.

만해 한용운 스님의 유명한 시 〈님의 침묵〉을 읊어보고 가자.

백담사 만해 스님 시비

님은 갔습니다. 아아 사랑하는 나의 님은 갔습니다.

푸른 산빛을 깨치고 단풍나무숲을 향하여 난 작은 길을 걸어서 차마 떨치고 갔습니다.

황금의 꽃같이 굳고 빛나던 옛 맹서는 차디찬 티끌이 되어서 한숨의 미풍에 날아갔습니다.

날카로운 첫 '키스'의 추억은 나의 운명의 지침을 돌려놓고 뒷걸음쳐서 사라졌습니다.

나는 향기로운 님의 말소리에 귀먹고 꽃다운 님의 얼굴에 눈멀었습니다.

사랑도 사람의 일이라 만날 때에 미리 떠날 것을 염려하고 경계하지 아니한 것은 아니지만 이별은 뜻밖의 일이 되고 놀란 가슴은 새로운 슬픔에 터집니다.

그러나 이별을 쓸데없는 눈물의 원천을 만들고 마는 것은 스스로 사랑을 깨치는 것인 줄 아는 까닭에 걷잡을 수 없는 슬픔의 힘을 옮겨서 새 희망의 정수박이에 들어부었습니다.

백담사 만해 스님 흉상

우리는 만날 때에 떠날 것을 염려하는 것과 같이 떠날 때에 다시 만날 것을 믿습니다.

아아 님은 갔지마는 나는 님을 보내지 아니하였습니다.

제 곡조를 못 이기는 사랑의 노래는 님의 침묵을 휩싸고 돕니다.

시작이 반이다

백담사를 뒤에 두고 본격적인 산길로 접어든다.

옛 백담산장을 지나 하늘을 뚫을 듯한 천연의 솔수펑이를 한적하게 걷다보면 우렁찬 물소리가 들려온다. 시원하게 트인 조망에 넓은 자연 풀장, 영산담과 황장폭포가 기다리고 있다.

처음으로 만나는 폭포(瀑布)와 담(潭)의 맑은 물과 굉음을 내는 소리에 설악의 맛을 한껏 느낄 수 있다.

황장폭포를 건너가면 흑선동 계곡으로 들어가 대승령까지 갈 수 있는 길이 있다. 지금은 휴식년제로 들어갈 수 없지만 조용하고 한적한 산행을 즐기는 산꾼들은 그 맛을 즐긴다.

넓은 계곡을 따라 가다보면 커다란 전나무가 반겨주고 옆에 오래 묵은 집터가 무성하게 잡나무들을 키우고 있다. 첫 번째 철

황장폭포

다리가 나온다. 이곳은 길골, 저항령으로 넘어가 설악동 신흥사로 통하는 길이 있지만 지금은 약초꾼들만 다니는 희미한 길만 남아 있다.

조금 더 오르다보면 건너다보이는 골짜기가 귀때기청봉으로 갈 수 있는 귀때기골이다. 이곳으로 들어가면 왼쪽에 작은 귀때기골, 오른쪽에 큰귀때기골로 갈라지고, 큰귀때기골로 들어가면 쉰길폭포가 있다.

귀때기청봉의 이름은 유래가 재미있다. 멀리 있는 대청봉을 바라보며 자기가 더 키가 크다고 우기다 대청봉 가까이 가서 키재기를 해보니 200여 미터 낮았다. 대청봉이 화가 나서 귀때기를 갈겨 쫓아 보내서 귀때기청봉이라 한다는 설화가 전한다.

맑은 물속을 노니는 물고기에 넋을 잃고 한가롭게 콧노래 부르며 냇물소리에 취해 걷는다. 아름다운 모래 '사미소'가 있는데 지금은 잘 보이지 않는다. 전에는 사미소 옆으로 길이 있어 모래밭을 걸었다. 여유를 부려 오른쪽 모래밭 바위에 올라가면 '이무기가 승천하다 떨어졌다'는 사미소가 검푸른 물을 담고 있어 가슴을 작아지게 한다.

백담사에서 공양주를 하던 윤 보살이 어렸을 적 사미소에서 물놀이를 하던 중에 이무기를 보았다는 말이 전해진다. 나는 아이들이 어릴 적에 초파일이면 늘 봉정암에 데리고 다녔다. 조그만 도랑에 초파일 즈음이면 개구리가 알을 낳고 올챙이들이 오글오글 한다. 그때 기억으로 지금도 아이들은 개구리를 무서워하고 곤충을 무서워한다.

출정(出定)

_ 조오현

경칩, 개구리

그 한 마리가 그 울음으로

방안에 들앉아 있는

나를 불러쌓더니

산과 들

얼붙은 푸나무들

어혈 다 풀렸다 한다.

바로 낙엽송 솔밭이 나온다. 이곳은 밭이었으나 화전민들이 쫓겨난 뒤에 낙엽송을 심어 가을에는 노란 낙엽송잎이 떨어져 폭신폭신한 산길을 만들어준다.

동네 어르신들 말씀에 따르면 낙엽송 밭에 전해지는 이야기가 있다고 한다.

이곳에 살던 화전민 부부가 밭을 매는데 밭고랑이 너무 길었다. 한 고랑씩 잡고 매다보니 어긋나서 남편은 동쪽 끝에 있고 아내는 서쪽 끝에 있었다.

아내는 생각에 잠기었다. 이 산골에서 이렇게 살다가는 평생 허리 한 번 펴지 못하고 살겠다고 생각하니 한심스러웠다. 뒤를 돌아보니 남편이 보이지 않았다. 이 틈을 타 아내는 줄행랑을 치고 말았다. 남편은 그것도 모르고 열심히 밭고랑을 매다가 한참 후에야 아내가 없어진 것을 알았다.

얼마나 힘들고 고달팠으면 남편 몰래 줄행랑을 놓았을까? 지금이야 등산객에 기도객에 사람이 줄을 서서 다니지만 그 시절에는 사람 구경을 어떻게 했을까.

그런데 솔밭을 자세히 살펴보면 밭이랑 사이에 스님의 부도가 자리하고 있다. 그것으로 보아 옛 절터가 아니었나 하는 생각도 든다.

두 번째 철다리가 나타난다. 여기가 곰골(고메골)이다.

첫 번째로 쉬어가는 곳이기도 하다. 이 곰골로 들어가면 마등령으로 올라가는 길이 희미하게 있다. 곰골은 곰이 많다고 하여 붙여진 이름이다.

봉정암에 자주 다니던, 서울 불광동에 사는 박 보살님 일행은 봉정암으로 기도를 가다가 이 곰골로 잘못 들어가 밤을 새우고 내려와 봉정암으로 올라온 사연도 있다.

쉬는 동안 부처님 말씀을 들어보자.

보살 5계

첫째, 살생하기를 좋아하면 지옥에 떨어지고 인간으로 태어나더라도 오래 살지 못하고 단명한다.

설담 스님 부도(오른쪽)와 사미소(아래)

곰골 입구

둘째, 자기 물건이 아닌 남의 물건은 주지 않은 것을 가지고 올 때는 인간으로 태어나더라도 궁색하게 살게 될 것이다.

셋째, 사음을 좋아하며 남의 여인을 음행하면 무간지옥에 나고 인간으로 태어나더라도 배우자가 남의 꼬임에 넘어가 가정을 지키지 못한다.

넷째, 남을 속이고 거짓말을 하면 지옥에 떨어질 것이며 거짓은 남을 현혹시켜 일을 그르치고 남을 믿지 못하게 한다.

다섯째, 알코올이 들어 있는 음식을 먹으면 알코올이 정신을 흩뜨려놓아 이성을 잃게 만들기 때문에 일을 그르치고 사고를 유발한다.

시원한 냇물에 목을 축이고 발길을 재촉하여 작은 고개를 넘어가니, 지금은 숲이 우거졌지만 왼쪽에 집터가 있다. 국립공원이 되면서 모두 쫓겨간 것이다. 그 안에 샘이 있다. 길에까지 물이 마르지 않고 흐르는 것으로 보아 꽤나 많은 양의 물이 나오는 것 같다. 그래서 사람이 터를 잡고 살았으리라. 그때 그 사람들은 떠나갔어도, 그들과 이야기를 나누었을 아름드리 소나무는 그 자리에 남아 위용을 뽐내며 자연의 멋을 고스란히 간직한 채 낙락장송이 되어 있다.

계곡 가을 풍경

영시암 전경

또 한 고개를 넘어가니 끝이 어딘지 모를 길고 바른길이 나타난다. 옆 냇가에는 몽돌이 즐비하고 흙이 푹신해서 호젓한 산행을 즐길 수 있다. 봄이면 버들가지 꺾어 버들피리도 만들어 불며 다니던 길이다. 이곳에는 버들이 많이 자생하고 있다. 길 가운데엔 아름드리 잣나무가 대문을 가로막듯 떡하니 버티고 있다.

산길은 평탄하다고 서둘지 말고, 가파르다고 겁먹지 말아야 한다. 발 가는 대로 한 발 한 발 가다보면 목적지에 도착한다. 자연이 자연을 그대로 받아들이듯 나도 자연의 일부분이다.

철다리를 건너니 아래 냇가에 시원한 풀장이 옥수(玉水)물을 담고 들어오라 유혹한다. 100미터 길이의 멋진 풀장이라고 할까. 맑은 물에 내 모습이 그대로 비치는 것이 두려워 제대로 쳐다보지도 못하고 지나친다.

이곳을 지나면 저 멀리 중청봉이 잠시 눈에 들어온다. 거기까지 가야 봉정암에 도착한다. 앞에는 영시암(永矢庵)이 나무 사이로 아른거린다. 드디어 영시암에 도착하였다. 이 영시암은 영원히 쏜 화살이라는 뜻으로, 숙종 15년(1689) 장희빈 사건 때 남인이 서인을 몰아내고 정권을 다시 차지하는 등 정국이 매우 혼란하던 시기에 영원히 세상과 단절하고자 함을 맹세하는 뜻으로

100m 풀 전경

김창흡이 창건한 암자이다. 지혜의 상징인 문수보살을 모시는 문수도량으로, 1988년에 도윤스님이 불사를 시작하여 지금에 이르고 있다.

모름지기 부처님 제자라면 문수보살의 지혜를 배우고 보현보살의 행을 배울 때 부처님께 한 발 더 가까이 갈 수 있을 것이다.

문수보살은 석가모니 입멸 후 세상에 출현했던 실존인물이라고 전하지만 근거는 불분명하다. 그러나 지혜의 화신임은 틀림없는 것 같다. 그리고 어느 한 쪽에 치우침이 없고 자유로운 정신으로 불보살의 으뜸이고 어버이라고 할 수 있다.

신라시대 경흥스님의 이야기를 해보자.

경흥스님은 국가의 스승으로 대궐에 들어갈 때도 말을 타고 들어갔다고 한다. 말을 타고 입궐하기 위해 행차 준비를 하던 차에 문 밖에 행색이 꾀죄죄한 걸인이 마른 생선을 한아름 지고 어슬렁거리고 있었다. 이를 본 시자가 "어찌하여 불가에 비린내 나는 생선을 지고 왔다 갔다 하는가?" 하고 물었다.

걸인이 답하기를 "산 고기를 다리에 끼고 다니는 사람도 있는데 죽은 생선을 지고 다니는 것이 무슨 잘못이 있는가!" 하며 사라졌다고 한다.

삼거리 초소

이분이 바로 문수보살이었던 것이다.

문수보살께 인사를 드리고 또 걸어보자.

빼곡히 들어선 잣나무숲을 바라보는 것도 잠시, 고개에 올라서니 삼거리 갈림길이 나온다. 국립공원 안내소에는 사람이 없다. 왼쪽 길은 '오세암'으로 가는 길이고 오른쪽 계곡으로 가는 길이 봉정암으로 가는 길이다. 이정표도 확실하게 되어 있다.

내리막에 작은 철다리를 건너가니 평탄한 길이 기다린다. 하늘을 뚫을 듯 치솟은 참나무의 올곧은 기상에 내 마음도 훨훨 날아갈 것 같다. 시원하게 트인 계곡에는 연두색 물감을 풀어놓은 듯 물빛이 맑은 연두색을 띠고 있다. 맑고 깨끗한 청정수, 말 그대로 티 없이 맑은 물에 저절로 감탄사가 터져 나온다. 설악산은 들어갈수록 멋진 아름다움을 간직하고 있다는데 얼마나 더 아름다운 모습을 보여줄까 기대가 된다.

수렴동계곡 가을

수렴동을 지나 구곡담으로

봄이면 봄대로 멋이 있고 여름이면 풍부한 수량과 신록에 감탄하며, 가을이면 오색 단풍에 얼굴이 물들 것 같은 아름다움에 젖어들고 겨울이면 백설을 덮고 있는 골짜기 봉우리마다 설악을 노래하고 있다. 설악산(雪嶽山)은 그중에 겨울이 제일이다. 이름 그대로 눈과 바위가 어우러진 설악은 무어라 표현할 수 없을 만큼 매력이 있다.

물소리가 제법 요란하게 들려온다. 지금까지는 수렴동계곡을 거슬러 올라왔다. 이제부터는 구곡담계곡으로 들어간다.

삼물치(물이 만나는 곳) 수렴동 대피소가 눈에 들어온다. 수렴동 대피소는 한국전쟁 직후에 이 처사님이 들어와서 산 나무를 베지 않고 자연 그대로 죽은 나무들을 써서 집을 지어 오가는

수렴동대피소 봄과 겨울

등산객과 기도객을 재워주고 온갖 산에서 나는 나물과 버섯들을 맛보게 했던 곳이다. 세속에 물들지 않고 자연과 하나가 되어 살아가던 사람이었다. 지금은 볼 수 없는 너와 지붕에 쓰러진 나무들을 주워 와 엮었던 산장의 아름다움을 더 이상 볼 수 없게 되어 아쉽기만 하다.

자연을 그대로 이용한, 다듬지 않은 나무 그대로 벽을 만들고 너와를 얹은, 산꾼들에게는 많은 추억을 만들어주신 분이다. 술에 취한 듯 취하지 않은 모습에, 입을 꾹 다문 과묵한 표정에 미소를 띤 얼굴로 내설악의 추억들을 밤이 새도록, 술병이 다 비워지도록 끝없이 풀어내던, 소나무 같았던 사람이다. 있는 듯 없는 듯한 사람 냄새 풀풀 풍기는 자연 그대로인 그곳이 지금은 국립공원에 밀려 가끔 들르는 곳이 되었다.

예전에는 서울에서 출발하면 이곳 산장에서 하루를 쉬어야 대청봉을 오를 수 있었다. 여름이면 너무 많은 사람들이 찾아와 칼잠으로 날을 새고 그것도 여의치 않아 밖에서 계곡의 조잘거리는 노래 소리를 벗 삼아 별과 풀벌레와 대화를 하며 밤을 지새운 적이 한두 번이 아니었다. 왼쪽은 가야동(개골)계곡으로 대청봉과 중청 사이 조폭포에서 발원하여 북한강으로 들어간다.

수렴동

잠깐 가야동으로 들어가보자.

옛 사람들은 가야동을 개골이라 하고 봉정암을 갈 때 가야동으로 다녔다고 한다. 가야동은 길이 평탄하고 험한 곳이 없어서 공양물을 지고 쉽게 갈 수가 있었다. 지금 다니는 구곡담은 가파르고 험해서 다니지를 못했다. 내가 제일 좋아하는 가야동은 천하절경이다. 수없이 많은 소와 담, 오른쪽으로는 깎아지른 절벽의 용아장성이 솟아 있고 왼쪽으로는 공룡능선에서 흘러내린 계곡과 바위가 어우러진 약 17킬로미터의 긴 계곡이다. 천왕문과 와룡담, 그리고 넓은 화강암의 반석들은 가히 신선이 노니는 곳이다. 길이 뚜렷하지 않아 냇물을 지그재그로 다녀야 하기 때문에 길 찾기가 쉽지 않다. 지금은 휴식년제로 그나마 길도 희미해져 등산객들은 아예 자취를 감췄다.

지금까지는 포장도로에 비할 정도로 편한 길을 달려왔다면 이제부터는 비포장도로를 힘들게 가야 한다.

수렴동 앞의 아름다운 담(潭)에는 희귀종인 열목어가 살고 있다. 열목어도 지능이 있어 사람의 그림자가 보이면 굴속으로 숨어버린다. 보름달이 뜰

때면 용아장성 첫 봉우리 옥녀봉 위로 솟아오른 맑은 달은 글자 그대로 은쟁반에 토끼가 방아 찧는 모습이랄까, 형용할 수 없는 기품을 가지고 있다. 내가 시를 읊는 재주를 타고 났다면, 입에서 시 몇 편이 저절로 나오지 않았을까.

구곡담 품으로 들어가자.

삼천리 금수강산에 이렇게 아름다움을 간직하고 있는 곳이 또 있을까. 아마도 금강산, 그리고 묘향산일진데 북녘 땅에 있어 마음대로 가볼 수가 없으니 볼 수 있는 곳만이라도 마음껏 보고 즐기며 살아야 하지 않을까.

굽이굽이 돌아갈 때마다 모양이 다르고 물 색깔이 다르다. 다리에 힘도 들어가고 허리도 아파온다. 다리로 이어진 길을 따라 가고 눈은 산천의 풍광에 빠져들어 헤어나지를 못한다. 돌 모퉁이를 돌아 가쁜 숨을 몰아쉬고 나니 작은 폭포와 검푸른 웅덩이가 간담을 서늘하게 만든다.

이곳이 만수담이다.

표지판에도 '익사사고 발생지역'이라고 써놓았다. 여름철에 가끔씩 젊은 산객들이 더위를 못 참고 물속으로 뛰어들었다가 심장마비를 일으키는 곳이다. 지금은 난간을 만들어놓았지만 난간이 없을 때는 물에 가까이 가려고 하

만수담

다 미끄러져 사망하기도 하였다.

부처님이 말씀하신 일곱 종류의 사람들이 있다.

첫째, 물에 빠져 있으면서 헤어 나오지 못하는 사람이다.

바르지 못한 습관이 몸에 배어 몇 겁이 지나도록 고치지 못하는 사람이다.

둘째, 물에서 나왔다가 도로 물에 빠지는 사람이다.

믿음이 확실하지 못해 착하게 살고 있지만 믿음이 약해 다시 그 자리로 돌아가는 사람이다.

몸과 입과 뜻으로 선행을 하고 있지만 다시 악행을 저질러 지옥행을 하는 사람이다.

셋째, 물에서 나와 그곳을 바라보는 사람이다.

믿음은 있으나 행실이 나아지지 않는 사람으로 안주하기를 좋아한다.

넷째, 물에서 머리만 내밀고 떠 있는 사람이다.

탐진치(貪瞋癡) 삼독을 끊고 다시는 물러나지 않고 구경에 이르러 반드시 도를 성취한다고 하는 사람이다.

다섯째, 물을 건너려고 마음을 낸 사람이다.

믿음과 정진으로 탐진치 삼독이 엷어져 태어난 괴로움을 벗어난 사람이다.

여섯째, 물을 건너 언덕을 오르려 마음을 낸 사람이다.

믿음과 정진의 뿌리가 깊어 아나함과를 얻어 욕계를 벗어나 다시는 욕계로 돌아오지 않는 사람이다.

일곱째, 이미 저 언덕을 넘어간 사람이다. 믿음과 정진의 뿌리가 깊어 부끄러움을 알고 번뇌가 끊어져 스스로 즐거워한다. 나고 죽음이 다해 다시 몸을 받지 않을 줄 알고 반열반에 든 사람이다.

여기서 몇 걸음 가면 너럭바위에 누워 하염없이 쉴 수 있는 곳이 있었는데, 이제는 난간으로 막아서 들어갈 수 없게 만들어놓았다. 이쯤에서 다리도 풀고 숨도 고르며 옥수(玉水)도 한 사발 들이켜야 하는데 참으로 아쉽다. 냇물 가운데 큰 바위 틈에 소나무가 자라고 있다. 바람에 날려와 바위 틈새에 뿌리를 내리고 자생하는 모습이 얼마나 고고하고 고귀한가.

사람들은 말한다. 무엇 때문에 고생해가며 산을 오르느냐고.

유명한 산악인 라인홀트 메스너는 대답했다.

"산이 거기 있기에 나는 오늘도 산엘 간다."

이 얼마나 명쾌한 답인가. 모든 근심 걱정 다 내려놓을 수 있는 곳이 산 아니던가.

내가 봉정암을 찾아가는 이유는 그곳이 내게 제2의 고향이기 때문이다.

연어가 강물에서 부화하여 거친 파도와 맞서 바다를 헤엄쳐 베링 해에서 성장하여 다시 고향으로 돌아가듯 나에게도 뭔지 모를 고향이 거기에 있다. 해마다 서너 번씩 찾아가는 곳이지만 갈 때마다 다른 것은 무엇 때문일까.

도시의 거친 삶이 나를 편안한 안식처인 봉정암으로 발길을 옮기게 한다.

계곡에서 들려오는 아름다운 하모니를 들으며 가다보면 어느새 요란한 물소리와 함께 연화담이 자리하고 있다. 아래에서 보면 연꽃이 피어오르는 듯 하여 '연화담'이라고 했을까, 초록의 물빛에 산 그림자가 드리워져 보는 이의 눈에 연꽃을 피운 듯해서일까?

연화담을 지나면 물가에 여럿이 쉴 수 있는 널찍한 곳이 있다. 시원한 물로 목을 축이고 다리도 쉬어주고 마음도 쉬어가자. 조잘대는 계곡의 노래와

연화담

불어오는 산들바람에 온몸을 맡기니 다람쥐가 친구 하자고 다가온다. 과자 부스러기를 손에 올려놓으면 손에까지 와서 물고 간다.

이놈은 겁도 없다. 하긴 겁낼 일이 무엇이 있겠는가? 해칠 마음이 없다는 것을 다 알고 왔는데.

다람쥐가 웃으며 속삭인다.

'고맙습니다' 하고 과자를 볼이 터지도록 물고 돌아간다.

한 입 물고 가더니 어딘가에 숨기고 다시 나타난다. 지혜가 없어 어디에 숨겼는지 금세 잊어버린다는 다람쥐의 습성을 되새기며 자리에서 일어나 발길을 옮긴다.

옆이 낭떠러지인 길을 조심스럽게 오르니 조그만 웅덩이에 물이 검푸른 색을 띤 '천수담'이 있다. 요란한 소리가 들려 다가가니 제법 큰 2단 폭포가 꽝 음을 내며 쏟아지고 있다.

이곳이 '관음폭포'이다.

신부의 웨딩 드레스 자락 휘날리듯 백옥의 물살이 물보라를 날리며 떨어진다.

다람쥐의 재롱

'멋이란 이런 것이구나!'

감탄사가 절로 나오는 경치다.

설악의 멋이 점점 더 드러나는 곳이 바로 여기인가 보다.

폭포 옆에 만들어진 108계단을 오르는데 숨이 가빠온다. 제법 가파른 철계단의 발자국 소리와 폭포 물 떨어지는 소리, 그리고 가쁜 숨소리가 어우러져 협주곡을 만들어내고 있다.

한숨 쉬고 올려다본 하늘은 한 폭의 풍경화를 그린 듯 설악의 바위 능선과 뭉게구름이 만들어준 자연의 그림은 옥황상제도 넋을 빼앗기기에 충분하다.

가쁜 숨을 몰아쉬고 하늘을 쳐다보니 눈앞에 용아장성이 펼쳐진다. 수렴동 산장에서부터 이어진 용아장성은 한 구비 돌아갈 때마다 제멋을 자랑하고 있다.

다리에 힘도 빠지고 숨이 턱까지 차오르니 설화 한 구절 들어보자.

수다나 왕자의 보시행은 인근 국가에까지 소문이 났다. 달라고 청하면 자기의

관음폭포

소중한 물건까지 주어버리는 것이다. 이웃 나라의 왕은 왕자의 마음을 이용하여 군비로 쓰이는 코끼리를 달라고 하였다.

왕자는 망설이지 않고 코끼리를 주어버렸다. 왕은 군사력에 쓰이는 코끼리를 주어버린 것을 알고 왕자를 산으로 추방시켰다. 부인과 아들 둘을 데리고 추방되어 가는 길에도 사람들이 찾아와 달라고 하면 무엇이든 아낌없이 주어버렸다. 보석이면 보석, 옷이면 옷 할 것 없이 주어버린 왕자는 이제 더 줄 것이 없어져버리고 말았다. 빈털터리로 입산한 왕자는 산속에서 오막살이를 하며 평온하고 오붓한 가정을 이루고 살았다.

그러던 어느 날, 바라문이 오막살이로 찾아와 아들을 달라고 하였다. 왕자는 두 아들마저 바라문에게 보시물로 주어버렸다.

바라문은 두 아들을 채찍으로 때리면서 끌고가는 것이었다. 이를 본 왕자는 눈물을 흘리면서 아들들을 바라보았다.

"보시는 무주상보시가 으뜸이다. 어떤 것을 주었든 뒷일은 생각하지 않는 것이 진정한 보시인 것이다."라고 부처님은 가르치신다.

그런데 사람들은 어디 그런가? 하나를 주면 열을 받으려고 하니 분쟁이

관음폭포

10보 1배 수행 관음폭포

올려다본 용아장성

생기고 욕을 하고 이간질을 한다.

　욕심이란 끝이 없다. 아흔아홉을 가진 자가 하나 가진 자의 것을 빼앗으려는 세상 아닌가 말이다.

　위 이야기는 훗날 왕자와 왕자비는 왕궁으로 돌아와 아들들을 만나고 더 많은 재물을 얻어 행복한 날을 살았다는 《자타카》에 나오는 설화이다.

고
행

돌계단을 지나 더 가팔라진 철계단을 지나니 마치 백룡이 하늘로 승천하는 것 같은 긴 폭포가 눈을 사로잡는다. 천하절경. 바로 이곳이 천하절경인 곳이다. 뒤를 보니 용아장성의 바위 봉우리가 든든한 이빨로 하늘을 먹어치울 것 같은 위용으로 뻗어 있다.

쌍폭에 이르렀다. 해발 1,000미터 정도의 높이에 수십 미터의 백룡이 하늘로 승천하고 있다.

쌍폭은 중청에서 흘러내리는 왼쪽 폭포와 서북주릉에서 흐르는 오른쪽 폭포가 만나서 쌍폭이라고 한다. 왼쪽의 수량이 많고 짧은 폭포가 숫룡이고 길고 수량이 적은 쪽이 암룡이다.

편히 쉴 수 있는 전망대를 만들어놓아 많은 기도객과 등산

쌍룡폭포

객들이 빼놓지 않고 쉬어가는 명소가 되었다. 좀 더 힘을 내보자. 이제 봉정암이 가까이 있는 것 같다.

쌍폭을 지나면 급격히 체력이 떨어진다. 한 발 한 발 조심스럽게 정성을 다해 불뇌(佛腦) 사리탑을 친견하러 가자.

지금까지 걸은 곳 중에 제일 힘든 구간 관음폭포와 쌍폭을 지났으니 이제는 여유를 부려도 되겠다.

조금은 평탄한 길이 펼쳐질 터이니 힘들고 지친 몸을 지탱하며 석가모니불을 정근하며 가자.

다리 몇 개 지나면 아주 가물 때만 아니면 제일 시원한 샘이 기다리고 있다.

설악에서 제일 시원하다고 하면 과장일까? 하지만 적어도 나에겐 제일 시원하고 맛있는 샘이다. 그래서 내가 '지혜샘'이란 이름을 붙여주었다. 물이 많으면 넘치고 적으면 마르는 아주 지혜로운 샘이기에 '지혜샘'이라고 한다.

깔딱고개 위에서 마실 물도 채우고 숨도 고를 겸 잠깐 쉬어가자.

쌍룡폭포

인도에는 카스트제도라는 것이 있다.

카스트제도는 계급사회를 말하는 것인데 첫째가 종교인으로 바라문이라고 한다. 바라문은 왕보다도 높은 계급으로 누구나 우러러보고 존경하는 대상이다.

둘째는 크샤트리아라는 계급으로 왕과 귀족을 일컫는 사람들이다.

셋째는 바이샤라는 계급으로 재벌가 사람들로 부를 축적하고 누리는 사람들이다.

넷째는 수드라라고 하는 계급의 노동자들로 온갖 궂은일을 도맡아 하는 부류들의 사람들이다.

다섯째는 불가촉천민으로 사람으로서의 대접은커녕 짐승만도 못한 취급을 받는 사람들이다.

지금도 인도에는 계급사회가 이어지고 있지만 누구도 이를 허물고자 하지 않는다.

인도의 계급사회는 부모의 계급에 따라 정해지는데 한 번 불가촉천민이면 영원히 대대손손 불가촉천민으로 살아야 한다. 단 한 번의 기회조차 주어지질 않는다.

지혜샘

부처님은 이 계급을 없애고자 많은 노력을 하셨다.

그리고 마침내 계급사회를 없애버렸다. 부처가 되고자 하는 사람이면 똥지게를 지던 사람이나 몸을 팔던 창녀라도 가리지 않고 대하셨다.

인간으로 태어나면 동등한 권리와 자격을 부여하셨다. 누구나 불성을 가지고 태어나기 때문에 계급은 있을 수 없는 것이라고 하셨다.

해발이 제법 되는 것 같다. 추운 지방이나 해발 1,000미터 이상에서 자생하는 자작나무들이 눈에 들어온다. 자작나무는 수피에 기름이 가득하기 때문에 습기에 강하고 불에 잘 탄다. 때문에 옛날 결혼식 때 신방을 밝히는 촛불의 재료로 사용되었기에, 흔히 결혼식 첫날밤을 '화촉을 밝힌다'라고 한다.

옛이야기지만 북한에서 공작원들이 내려오면 비오는 날 불쏘시개로 사용한다는 말이 있다.

이 자작나무 껍질은 기름기가 많고 튼튼해 북미 원주민들이 카누를 만들거나 여진족들이 배를 비롯한 각종 생활 용구의 재료로 사용하였다. 고구려나 신라에서는 종이 대용으로 사용되었는데, 천마총의 〈천마도〉도 이 자작

쌍룡폭포에서 용아장성

나무 수피로 만든 것이다. 자작나무라는 이름도 불과 관련이 있는데, 탈 때 '자작자작' 소리가 난다고 해서 자작나무라고 한다.

측백나무도 눈에 많이 띈다. 강원도 산촌에서는 찍박나무라고 부른다. 아마도 방언이 아닐까 생각한다. 측백나무가 많은 곳을 갈 때면 반드시 긴 바지를 입고 들어가야 한다.

나무들이 엉켜 땅을 밟을 수가 없고, 힘들게 나무를 밟고 다녀야 하기 때문에 발이 빠질 수가 있어서 짧은 바지로 다니다가는 다리에 생채기가 많이 생기기 때문이다.

무거운 다리를 이끌고 몇 걸음 가니 앞에 절벽이 나타난다.

'봉정암 500m'란 이정표가 서 있다. 이정표를 보니 다 왔다는 생각에 마음이 놓인다. 하지만 안도의 숨을 내쉬는 것도 잠깐, 절벽 왼쪽의 가파른 길이 봉정암으로 가는 길이다.

코가 땅에 닿을 듯한 고갯길이 눈앞에 펼쳐진다. 이 무슨 장난이란 말인가. 기듯 걷듯 여기까지 왔는데 여기는 어떻게 올라야 하는가 말이다.

소원을 담은 탑

여기서 불경 얘기를 하나 들어보자.

옛날에 신앙심이 두터운 젊은이가 홀어머니를 모시고 살다가 결혼을 했다. 결국 시어머니와 며느리의 불화로 급기야는 시어머니가 집을 떠났다. 시어머니가 가출을 한 후 부부 사이에 사내아이가 태어났다. 며느리가 동네를 다니면서 "시어머니는 항상 나를 미워했다. 시어머니가 계실 때는 경사스런 일이라곤 하나도 없었는데 시어머니가 안 계시니 이처럼 사내아이를 낳게 되는 경사를 만났다."

하는 말을 퍼뜨렸다. 이 소문을 들은 시어머니는

"세상은 말세다."

하며 분통이 터져 가슴을 쥐어뜯으며 이를 갈았다.

이를 본 한 신(神)이 나타나서

"당신의 기분이 흡족하도록 며느리와 손자를 죽여주겠다. 그렇게 하면 되겠지?"

하고 말했다. 신의 말에 놀란 시어머니는 자신의 잘못된 마음의 죄를 빌며 며느리와 손자의 목숨을 살려달라고 했다.

한편 아들과 며느리 또한 지금까지의 마음가짐이 잘못되었음을 반성하고 어머

용아장성

니를 찾아오고 있었다. 신이 시어머니와 며느리를 화해시켜 평화로운 가정으로 되돌아가게 했다는 것이다.

부처님도 죽음을 불사한 고행 끝에 깨달음을 얻지 않았는가?

마지막 순간에 이 어려운 관문을 통과하라는 계시로 알고 한 발 한 발 올라가보자.

여기까지 오는 길에 얼마나 많은 고통과 시련이 있었는가.

오직 봉정암 부처님을 만나기 위한 만행을 결심하지 않았던가. 이제 정말 마지막 오르막이다. 부처님도 마지막 깨달음을 얻었을 때 7일 간의 고통을 물리치고 위대한 깨달음을 얻지 않았는가 말이다.

백담사에서 출발해 5~6시간 정도 걸으면 가파른 경사에 숨이 넘어갈 듯한 고개를 만난다. 이름 하여 '깔딱고개'. 자장 스님도 아마 숨이 깔딱 넘어갈 듯한 고생을 한 끝에 이곳에 터를 잡았을 것이다. 이 고개를 넘으면 바로 소청봉 서북쪽 중턱에 천하의 승경 '봉정암 적멸보궁'이 있다.

봉정암으로 가다보면 올라가는 길이 하도 험해 문득 이런 생각이 든다.

'자장율사는 왜, 무슨 인연으로 이 높은 산꼭대기에 절을 짓고 사리탑을 세웠을까.'

이에 대한 답변은 중간에서 어떤 설명을 해도 납득이 안 된다. 물은 마셔봐야 더운지 찬지 스스로 알 수 있듯이 자장 스님이 이곳에 절을 세운 이유도 직접 가보지 않으면 이해가 안 된다. '석가모니불'을 염송하며 부지런히 발걸음이나 재촉할 일이다.

200미터는 되어 보이는 이 가파른 고개가 봉정암에 닿기 위한 마지막 관문, 일명 '깔딱고개'다.

인생살이의 시련은 끝이 없다고 하지만 해도 해도 너무한다는 생각이 머리에서부터 발끝까지 전해져온다. 여기까지 오기도 너무 힘들었는데 말이다.

거북이가 걸음을 옮기듯 네 발로 엉금엉금 기고 또 기어보자. 코가 땅에 닿을지라도 오르고야 말겠다는 신념으로 부처님을 향해 가자.

거친 숨을 몰아쉬며 한 발 옮겨놓고 쉬고 또 한 발 가서 쉬며 돌아보니 설악의 풍광이 발 아래로 펼쳐진다. 고생 끝에 낙이라더니 30여 분을 어렵사리 올라온 보람이 있다. 중청봉이 바로 눈앞에 다가와 있고 시원한 바람이 불

해탈고개(깔딱고개)

어온다. 봉정암에서 염불하는 목탁소리가 정겹게 들려온다. 배낭을 벗어던지고 편안한 자세로 쉬어보자.

기나긴 고행 끝에 드디어 봉정암을 눈앞에 두고 있다.

앞에 사자바위가 있다. 안 올라가면 후회할 것 같은 마음에 힘들지만 올라가보자.

꼭대기에 사자 한 마리가 앉아 있고 뒤로 펼쳐진 설악은 표현할 수 없을 만큼 멋있는 경치를 보여준다. 용아장성의 기이한 암릉과 굽이굽이 돌아 지금까지 올라온 계곡이 한눈에 펼쳐지는 풍경은 모든 시름을 떨쳐버리기라도 하듯 그 멋을 자랑하고 있다.

안 올라왔으면 정말 후회할 만한 곳, 설악에서도 다섯 손가락 안에 꼽을 만한 아름다운 장소로 올릴 만하다.

'봉정암' 부처님이 기다리신다. '봉정암' 기운이 솟구친다.

"석가모니불, 석가모니불, 석가모니불……."

입에서 저절로 흥얼흥얼 흘러나온다.

이제는 부처님이 이끄는 대로 가기만 하면 된다.

사자바위에서

작은 고개를 넘어 봉정암에 도착하니 아주 많은 불자들이 눈에 들어온다. 나이가 많아도 나이가 어려도 오로지 봉정암 부처님을 친견하기 위하여 이 머나먼 길을 올라오셨다.

참으로 신심이라는 것이 무엇인지 모르겠다.

일흔은 훌쩍 넘어 보이는 노(老) 보살님과 어린 아이들까지 정말 남녀노소 할 것 없이 불자들은 다 모인 것 같다.

30여 년 동안 해마다 여러 차례 다녔는데도, 봉정암에 도착해서 사리탑을 향해 반배를 올리면 가슴이 뭉클하여 벅찬 눈물이 핑 돈다.

내게 아직 녹아내릴 업장이 많이 남아 있겠지. 하나 둘 업장을 소멸해가자. 그러다보면 언젠가는 부처님 곁으로 가지 않을까.

봉정암(鳳頂庵)

봉황새 봉(鳳)

정수리 정(頂)

암자 암(庵)

자장 스님께서 봉황새가 정수리에 앉은 모습을 보고 '봉정암'이라 이름 지었다고 한다.

대한불교 조계종 제3교구인 신흥사의 말사로 대표적 불교 성지인 5대 적멸보궁(五大寂滅寶宮) 가운데 하나로 불교도들의 순례지로 첫손 꼽힌다.

다른 적멸보궁과는 달리 봉정암은 오로지 5~6시간 산길을 걸어야 하기 때문이기도 하지만 아름다운 자연 설악산 품에 있

寂滅寶宮

적멸보궁 현판

鳳頂庵

봉정암 현판

기 때문이다. 또한 봉정암 자리는 누구에게나 편안하고 아늑한 평온을 유지해주는 도량으로도 유명하다.

대청봉(1,708미터) 산마루 가까이에 있는 봉정암은 해발 1,244미터 지점에 자리 잡고 있다.

봉황이 알을 품은 듯한 형국의 산세에 정좌하고 있는 봉정암은 거대한 바위를 중심으로 가섭봉·아난봉·기린봉·할미봉·독성봉·나한봉·산신봉이 감싸고 있어 7나한이라고 부른다. 1980년대에는 법당과 요사밖에 없었다. 법당 앞 서쪽 봉우리 바위 위에는 국보 1832호로 지정된 '봉정암 석가사리탑'이 있다. 고려시대 양식을 따른 이 5층석탑은 부처님의 뇌사리를 봉안하였다고 하여 '불뇌보탑(佛腦寶塔)'이라고 부른다.

다른 사찰의 여느 탑과 달리 기단부가 없고 자연암석을 기단부로 삼아 그 위에 바로 5층의 몸체를 얹었다. 이 자연 암석에 연꽃이 조각되어 있는데, 1면에 4엽씩 16엽이 탑을 포개고 있어 부처가 정좌하고 있음을 상징적으로 나타낸다. 맨 위에는 연꽃인 듯한 원뿔형 보주가 높이 솟아 있다.

신라의 자장율사가 중국 오대산에서 3·7일 기도를 마치고 귀국한 것은 선덕여왕 12년(643)의 일이었다. 문수보살이 현신해 부처님 진신사리와 금란가사를 전해주며 해동에 불법을 크게 일으키라고 부촉했으니 더 이상 중국에 머물 필요가 없었다.

　　신라로 돌아온 스님은 우선 사리를 봉안할 곳부터 찾았다. 양산 통도사에 보궁(寶宮)을 지어 사리를 봉안한 스님은 경주 황룡사 9층탑에도 사리를 봉안했다. 그러나 스님은 부처님의 진신사리를 좀 더 신령한 장소에 봉안하고 싶었다. 발길을 북으로 돌린 스님은 먼저 금강산을 찾아갔다. 기암괴석과 아름다운 풍광이 과연 사리를 모실 만한 곳이라는 생각이 들었다. 그러나 막상 사리를 봉안하려하니 어느 곳이 신령한 장소인지 알 수 없었다. 스님은 엎드려 기도를 했다.

　　기도를 시작한 지 이레째 되는 날이었다. 갑자기 하늘이 환하게 밝아지면서 어디선가 오색찬란한 봉황새 한 마리가 스님의 기도처로 날아왔다. 스님은 기도의 감응이 나타난 것으로 알고 봉황새를 따라 나섰다. 그런데 어찌된 일인지 이 봉황새가 좀처럼 내려앉지 않았다.

　　스님은 할 수 없이 계속 봉황새를 따라 내려갔다. 그렇게 몇 날 며칠을 봉황을 따라갔더니 새는 드디어 어떤 높은 봉우리 위를 선회하기 시작했다. 스님이 봉우리로 올라가자 봉황은 갑자기 어떤 바위 앞에서 자취를 감추었다.

스님은 봉황이 자취를 감춘 바위를 유심히 살펴보았다. 바위는 얼핏 보아도 부처님의 모습 그대로였다. 봉황이 사라진 곳은 바로 부처님의 이마에 해당하는 부분이었다. 이 불두암(佛頭巖)을 중심으로 좌우에 일곱 개의 바위가 병풍처럼 둘러쳐져 있었다. 지세를 살펴보니 봉황이 알을 품고 있는 형국이었다. 온 산천을 다 헤매어도 더 이상의 승지(勝地)는 없을 것 같았다.

자장율사는 바로 이곳이 사리를 봉안할 곳임을 알고, 봉황이 인도한 뜻을 따르기로 했다. 스님은 부처님 형상을 한 그 바위 밑에 불뇌사리를 봉안하고 5층탑을 세우고 암자를 지었다. 절 이름은 봉황이 부처님의 이마로 사라졌다 하여 '봉정암(鳳頂菴)'이라 붙였다.

자장율사의 간절한 기도에 의해 절터를 잡은 봉정암은 이후 불자라면 살아서 한 번은 꼭 참배해야 하는 성지로 정착되었다. 신라의 고승 원효대사는 불연이 깃든 성지를 순례하다가 문무왕 17년(667) 무렵 잠시 이곳에 참배했으며, 고려 중기의 고승 보조국사 지눌도 1188년에 이곳을 참배했다는 기록이

봉정암

전한다. 수많은 고승들이 앞을 다투어 이곳을 참배하는 까닭은 오직 한 가지, 여기에 부처님의 불뇌사리가 봉안되어 있기 때문이다.

자장율사가 사리를 봉안한 장소는 여러 군데다. 통도사를 비롯해 오대산 상원사, 태백산 정암사, 사자산 법흥사 등이 그곳이다. 하지만 해발 1,244미터의 높은 산봉우리에 적멸보궁을 지은 곳은 설악산 봉정암밖에 없다. 이는 이곳이 특별한 길지이기도 하지만 부처님의 사리를 친견하기 위해서는 깎아지른 절벽을 기어오르는 듯한 일심의 정성을 가져야 한다는 것을 가르쳐주기 위해서였다. 중생의 마음이 부처님의 그것을 닮기 위해서는 난행고행(難行苦行)을 마다하지 않는 용맹심과 아무리 높은 곳이라 하더라도 반드시 부처님을 찾아뵙겠다는 신심이 중요하다는 뜻이기도 하다.

이런 뜻을 간직한 봉정암이고 보니 예로부터 한시도 향화(香華)가 끊어진 적이 없었다. 건물이 오래되어 허물어질 지경이 되면 반드시 중창의 공덕주가 나타나 천년의 기도처를 새롭게 단장했다.

봉정암은 지금까지 아홉 차례의 중건·중창이 있었다. 1923년 백담사에 머물던 만해 한용운 선사가 쓴 〈백담사 사적기〉에 따르면 조선 중종 13년(1518) 환적(幻寂) 스님이 세 번째 중건 불사를 했고 네 번째는 명종 3년(1548)에

등운(滕雲)선사가 절을 고쳐 중창을 했다. 특히 설정화상의 중창 때는 부처님의 탱화를 새로 봉안하고 배탑대(拜塔台)를 만들었으며 누각까지 지었다고 한다. 여섯 번째 중건은 정조 4년(1870) 계심(戒心) 스님에 의해 이루어졌고, 일곱 번째는 고종 8년(1870) 인공(印空)·수산(睡山) 두 스님이 불사에 원력을 모았다.

그러나 한국전쟁 때 설악산 전투로 봉정암의 모든 당우가 불에 타고 10년 가까이 5층 사리탑만 외롭게 서 있다가 1960년 법련(法蓮) 스님이 1,000일 기도 끝에 간신히 법당과 요사를 마련했다.

봉정암이 절다운 모습을 갖춘 것은 1985년 이곳의 새 주지로 부임한 도형(度亨) 스님과 그 도반인 자일(慈日) 스님, 명오(明悟) 스님이 6년 불사를 한 공덕에 힘입었다. 세 스님은 천하의 승지를 기필코 가꾸겠다는 원력으로 끊임없이 기도를 한 공덕으로 정면 5칸의 적멸보궁을 비롯하여 일주문·해탈문·요사채·산신각 등을 새로 지어 제9차 중창불사를 성취했다. 그 뒤 도형 스님의 사제인 지우(智宇) 스님이 뒤를 이어 4년 동안 108법당을 짓고 도량을 정비했다.

두 사형 사제의 10년의 불사로 봉정암은 전국 제일의 기도도량으로 다시 태어나게 된 것이다. 뒤를 이어 정념 스님이 요사채와 해우소를, 그 뒤를 이어 삼조 스님이 주지를 이어받아 적멸보궁 새 법당을 지어 현재의 모습으로 이어지고 있다.

우리나라 사찰 중에 해발이 세 번째로 높은 봉정암은 "기도를 하면 반드시 감응이 있는 도량"으로도 유명하다. 자장율사의 창건 설화부터가 범상치 않거니와 이 밖에도 신이한 영험과 이적의 이야기가 수없이 많다. 다음은 그중 몇 가지다.

어느 날 불법을 믿지 않는 유학자 몇 사람이 산천유람을 하는 길에 봉정암을 찾아왔다. 그들 중 한 사람이 제법 아는 척하면서 이렇게 말했다.

"여보시오, 대사. 저 돌덩이에 대고 목탁을 치고 절을 한다고 무슨 영험이 있겠소. 차라리 나한테 사정을 하면 내가 술이라도 한 사발 받아주겠소."

불뇌사리탑에 기도를 하러 가던 스님은 기막힌 생각이 들었으나 저러다가 떠나면 될 테니 분심을 낼 이유가 없다면서 참았다. 그런데 일이 공교롭게 되느라고 갑자기 날씨가 나빠져 유람객들이 봉정암을 떠날 형편이 못 되었다. 그들은 절 뒷방을 하나 빌려 잠을 자면서 술과 고기로 도량을 어지럽혔다.

그날 저녁 스님이 꿈을 꾸었는데 수염이 하얀 노인이 나타나 "저들이 부처님 도량에서 계속 방자하고 버릇없이 행동하면 개를 보내 혼을 내주겠다."고 했다. 스님은 유람 온 유생들을 찾아가 꿈 얘기를 하며 보통 도량이 아니니 조심하라고 일러주었다. 그러나 그들은 "꿈이란 본시 허망한 것"이라면서 다음 날도 술타령을 그치지 않았다.

이틀이 지나자 날이 갰다. 유람객들은 달도 떠오르고 해서 바깥바람 쐬기가 좋았던지 밖으로 나와 달구경을 하고 있었다. 그때였다. 어디선가 벼락을 치듯 큰 짐승 울음소리가 나더니 기도하는 스님에게 불손한 행동을 하던 유생을 물고 가버렸다. 사람들은 깜짝 놀라 방으로 숨어들어가 벌벌 떨며 밤을 지새웠다. 다음 날 아침 유생들은 친구를 찾아 나섰다. 절 밑으로 한참 내려가 보니 불뇌탑을 모독한 그 유람객의 시신이 어지럽게 흩어져 있었다. 사람들은 혼비백산하여 다시 암자로 올라와 탑 앞에 나아가 참회기도를 하고 꽁지가 빠지게 산을 내려갔다.

끔찍한 얘기지만 사람들이 성스럽게 여기는 곳에서 어떻게 행동해야 하는지를 보여주는 설화다.

지난 1986년 중창불사 때는 이런 일도 있었다. 주지스님이 보궁을 크게 지으려 하다 보니 할 수 없이 산신각을 옮겨야 할 것 같았다. 산신각을 옮긴 다는 소문이 퍼지자 전국의 박수무당들은 "봉정암 산신각은 영험한 곳이니 옮기면 큰일이 날 것"이라며 반대했다. 주지스님은 이러지도 저러지도 못하고 있었다.

그러는 사이 공사 날짜가 며칠 앞으로 다가왔다. 주지 스님은 산신각으로 들어가 기도를 했다.

"산신님, 아무리 생각해도 산신님이 자리를 좀 비켜주어야겠습니다. 그런데 사람들이 저렇게 반대하며 아우성을 치고, 나도 선지(禪智)가 없어 옮겨도 되는지 옮기면 안 되는지 알지 못하니 영험을 보이시오. 그러면 산신님의 뜻대로 해주겠소."

주지스님은 산신의 응답을 기다리며 산신각에서 잠을 청했다. 다음 날 아침, 스님은 우지끈 하는 소리에 놀라서 잠을 깼다. 그런데 이게 무슨 일인가. 멀쩡하던 산신각이 마치 성냥갑을 확 비튼 것처럼 찌부러져 있었다. 문짝은 저절로 떨어져 나간 상태였다. 엉금엉금 기어 나와서 살펴보니 그냥 놔두어도 한 시간도 못 돼 저절로 무너질 것 같았다. 이리하여 스님은 산신각을

산운각

저 너머 희미한 금강산

그대로 다른 곳으로 옮기고 그 자리에 적멸보궁을 지을 수 있었다. 사리탑으로 올라가는 길목에 새로 옮겨 지은 산신각에는 그전보다 훨씬 더 많은 참배객이 찾고 있다.

봉정암에 얽힌 이런 신비한 이야기를 하자면 한도 끝도 없다.

천상천하무여불(天上天下無如佛, 천상천하 어디에도 부처님 같은 분 안 계시고)
시방세계역무비(十方世界亦無比, 시방세계를 둘러봐도 역시 비교할 만한 분 없도다.)
세간소유아진견(世間所有我盡見, 세간에 있는 모든 것 내가 다 보았어도)
일체무유여불자(一切無有如佛者, 부처님같이 존귀한 분 없도다.)

이제부터 봉정암을 둘러보자.

적멸보궁 법당을 정면으로 보면 아슬아슬하게 얹혀 있는 바위가 봉(鳳)바위로 자장율사께서 봉황새를 따라오다가, 봉황이 이 바위 위에서 세 바퀴를 돌고 앉아 이상하게 여긴 스님이 주위를 둘러보고 이곳이 길지 명당임을

봉바위

알고 터를 잡으셨다고 한다.

　오른쪽 계단을 통해 올라가면 종각이 있고 봉바위 아래로 1986년부터 1991년까지 불사하여 중축한 법당 적멸보궁이 있다. 정면으로 보면 사리탑이 보였으나 나무가 자라 지금은 보이지 않는다.

　불자들이라면 잘 알고 있듯이, 적멸보궁에는 불상을 안치하지 않는다. 부처님의 몸을 직접 모시고 있기 때문에 따로 불상을 조성하지 않는 것이다.

　법당 앞에 오른쪽에는 지장탱화가 모셔져 있고 왼쪽에는 신중탱화가 모셔져 있다.

　봉바위 뒤로 여러 개의 바위 봉우리들이 있는데 가섭봉·아난봉·기린봉·할미봉·독성봉·나한봉·산신봉 등 칠형제 바위라고 한다. 일곱 나한께서 부처님을 보호하고 호위하고 있는 모습은 마치 사열하고 있는 듯하다.

　정남쪽 계곡에 업경대가 자리하고 있고 한 시 방향으로 마차바위가 있다. 마차바위는 봉정암에 양식이 떨어질까 두려워 마차에 곡식을 가득 싣고 봉정암으로 오는 것이라, 봉정암에는 양식 걱정 없이 스님들이 수행에 전념할 수 있다고 한다.

마차바위

병풍처럼 둘러친 나한봉 전경

그 뒤로는 귀때기청봉이 위용을 자랑하며 부처님을 바라보고 있다.

진신사리탑으로 중생이 올라와 친견하고 있음을 고하러 가보자.

윤장대(輪藏臺)가 먼저 눈길을 사로잡는다.

여러 불구 가운데 가장 이색적인 것이 바로 윤장대일 것이다. 보통 팔각형으로 되어 있는 윤장대는 팽이처럼 돌릴 수 있게 되어 있으며, 내부에는 불경을 넣어둔다.

이것을 돌리면 불경을 한 번 읽은 것과 같은 의미이며 시간이 없어서 읽지 못하는 사람이나 글자를 모르거나 불경을 읽을 시간이 없는 신도들을 위하여 만들어진 불구로, 중국 양(梁)나라의 선혜대사가 처음 만들었다고 알려져 있다. 윤장대를 돌릴 때는 시계 방향으로 돌면서 정근한다.

조금 위에 산신각이 있다. 1988년 불사 때에 봉바위 밑 적멸보궁 자리에 있던 것을 그대로 옮겨온 것이다.

몇 걸음 올라가면 오른쪽 바위에 '석가사리탑'이라고 쓴 바위가 있으니 이것으로 보아도 여기가 적멸보궁임이 틀림없다.

삼배를 올리고 올라가면 진신사리탑이 아름답게 조성되어 있다.

윤장대

사리탑 가는 중간에

불뇌보탑(사리탑)

이 탑은 고려시대에 조성한 탑이라고 하지만 신라시대의 양식을 이어받은 탑으로, 강원도 지방문화재에서 승격하여 국가 보물 1832호로 지정되었다.

진신사리탑을 친견하기 위한 행렬이 끝없이 이어지고 있는 것을 보면 불자들이 얼마나 간절하게 부처를 이루고자 하는지 짐작이 간다.

내 가정 내 자식이 잘되기를 바라는 마음은 한결같을 테니 말이다. 108배로 부처님께 인사를 드리고 나서 둘러보자.

동쪽을 보면 중청봉과 소청봉이 자리하고 있고 그 아래 소청 대피소가 있다. 1988년까지는 봉정암 108법당 자리에서 개인이 운영하던 산장을 소청봉 쪽으로 올려보낸 것이다. 설악산을 찾는 등산객들이 하루를 묵어갈 수 있는 자리를 마련해주었다.

눈길을 아래로 돌리면 새로 지은 법당이 바위 밑에 자리하고 있으며 한눈에 보이는 봉정암 전경에 그저 감탄사만 나온다.

108법당과 요사채들이 질서 정연하게 가람 배치를 이루고 있다.

탑에서 봉바위를 보면 또 다른 부처님을 볼 수 있다. 정면에서와 달리 한쪽 얼굴을 보여주시고 계시다. 반대편에서 보면 합장을 하고 계신 부처님 모

새 법당과 달마봉

사리탑과 사랑바위

사리탑 참배하는 불자들

사랑바위

습도 볼 수 있다.

동남쪽으로 고개를 조금 돌리면 사랑하는 연인이 헤어짐이 아쉬워 서로 꼭 부둥켜안고 있는 모습의 사랑바위가 눈에 들어온다.

남쪽의 업경대와 능선의 마차바위, 그리고 귀때기청봉이 조망된다. 언덕을 올라가려면 보살동자바위가, 엄마가 아들을 데리고 부처님을 친견하러 가는 모습이 참으로 정겹다. 우리 불자님들도 아들 딸 손잡고 일요법회나 정기법회에 나가는 모습을 많이 보여주었으면 좋겠다는 소망도 가져본다. 봉우리에서 보면 곰같이 생겨 곰바위라고도 한다.

설악산에서 이렇게 조망이 좋은 곳도 드물다. 봉우리에 올라서면 내설악과 외설악, 그리고 능선 넘어 울산바위와 동해바다까지 감상할 수 있다.

서쪽으로 귀때기청봉과 힘들게 올라온 구곡담계곡이 보이고 아찔하게 이어진 능선이 바로 용아장성이라는 아주 유명한 능선이다. 수렴동 대피소에서 출발하여 봉정암까지 이어진 용아장성은 일반 등반객은 엄두도 못 낼 등산 코스다. 암벽 장비를 갖추고 전문 가이드를 동행해야 갈 수 있는 코스로, 기도를 하러 온 불자님들은 눈으로 감상하는 것으로 만족하는 게 좋을 것이다. 게다가 지금은 통제구역으로 묶어놓아 허락 없이는 들어갈 수도 없다.

아래로 보이는 계곡이 가야동계곡으로, 전국에서 제일로 아름다운 계곡이라고 생각하는 곳이다. 특히 가을 단풍이 물들 때면 양 옆에 기암절벽과 백옥 같은 암반에 옥색 물과 어우러진 단풍은 그야말로 극락세계가 따로 없다. 이곳 역시 통제구역으로 출입이 금지되어 있다. 아름답고 경치 좋은 곳은 모두 통제구역으로 못 들어가니 아쉬울 뿐이다.

가야동 끝에 '오세암'이 자리하고 있고 저 멀리 백담사가 자리한 곳이 보이지만, 이 비밀(?)을 아는 사람만이 볼 수 있다.

장마철에는 동해의 기류와 서쪽의 기류가 만나는 공룡능선에서 멋드러진 구름의 오케스트라를 볼 수 있다. 능선을 사이에 두고 넘으려는 기류와 넘기지 않으려는 기류가 만나 하늘로 솟아오르는 모습은 가히 장관이다. 또한 저녁노을은 서해안도 좋지만 이곳에서 보는 노을 역시 최고일 것이다. 한두 번에 이 모든 것을 다 보려고 한다면 욕심일 것이다. 갈 때마다 다른 모습을 보여주는 것이 자연의 이치니까 말이다.

오른쪽으로 보이는 긴 능선은 공룡능선으로 희운각에서 마등령까지를 말한다. 설악의 전체를 조망할 수 있는 코스로서 제일 길고 힘든 구간이다. 지금은 길을 잘 만들어놓아서 그나마 많은 사람들이 다니고 있지만 예전에

사리탑에서 본 용아장성

공룡능선

는 전문 산꾼들만 다니던 길이었다. 예전엔 희운각에서 마등령까지 5시간 정도 걸리는 길이었지만 지금은 4시간 정도면 갈 수 있는 길이 되었다. 중간 지점에 제일 높은 봉우리가 1275봉으로 해발 높이를 봉우리 이름으로 붙여놓았다. 마등령을 지나 눈을 멀리 보면 황철봉과 향로봉이 조망되고 그 뒤로 맑은 날이면 금강산을 감상할 수도 있다.

눈을 가까이 돌려보자.

바로 앞 바위에 파랑새가 한 마리 앉아 있다.

이 다음에 내가 죽고 없어지면 다음 생은 파랑새로 환생하고 싶다고 늘 생각하고 있는 새다. 관심 있게 잘 보면 봉정암 주변의 모든 형상들은 봉바위 부처님을 향하고 있으니 그만큼 봉바위 부처님은 모든 만물을 아우르고 보살피고 계시다는 것이다.

모쪼록 봉정암에서 이루고자 하는 소원 간절하게 염원하시고 안전하게 댁으로 돌아가시어 소원이 성취되길 부처님께 기원합니다.

나무 영산불멸 학수쌍존 시아본사

석가모니불 석가모니불 나무 시아본사 석가모니불

원멸 사생육도 법계유정 다겁생래죄업장

아금참회 계수례 원제죄장실소제 세세상행보살도

가피(加被)

인연

설악산 봉정암은 특별한 인연이 있는 곳이다. 본 적도 없는
데 꿈속에서 설악산과 똑같은 모양의 수석을 본 뒤 울산바위를
보고 벼르고 벼르다 1981년 처음으로 친구 두 명과 설악산 산행
에 나섰다.

설악동에서 출발해 비선대, 마등령을 거쳐 오세암과 수렴동
을 지나 백운동 앞에서 야영을 하고 이튿날 봉정암에 들러 대
청봉에서 화채능선을 지나 권금성에서 설악동으로 하산하였다.

봉정암에 도착하니 왠지 마음이 집에 온 느낌이랄까 편안해지는 것을 느꼈다. 불교에 크게 관심을 갖지 못하고 산에 만족하며 다닐 때이다. 설악산과는 전생에 인연이 있는지 1986년 직장을 다니다가 휴가 때 수렴동 산장에서 며칠을 지내다 그만 눌러앉게 되었다. 여름이 지나고 가을이 끝날 즈음 백담사와 봉정암에서 살아보지 않겠느냐는 부탁을 받고 봉정암으로 올라갔다.

봉정암은 지금 공양간이 있는 요사채의 끝방이 법당이었고 지붕은 함석지붕이었다. 산신각과 방 두 칸짜리 요사채가 전부였다. 그리고 개인이 운영하던 산장이 있는 암자였다.

1986년 중창불사가 시작될 무렵 모든 물품들은 등짐으로 올렸다. 백담사 쪽과 신흥사 쪽에 기와를 갖다놓으면 등산객들과 짐꾼들이 모여들어 7~10장씩 지고 올라와 돈을 받아갔다. 한 장에 2,000원, 하루 한 짐. 하루 수십 명이 기와와 다른 자재를 나르는 불사를 했다.

안내판을 지으려고 목재를 다듬어 백담사 쪽에 놓았는데 힘 좀 쓰는 마

끝청에서 본 봉정암 전경

을 사람들이 나르다 마지막 기둥 두 개를 남겨놓고 말았다. 길이가 아홉 자, 사면이 한 자였으니 감히 엄두가 나질 않았는지 모두 도망가고 말았다. 기둥이 올라와야 일을 하는데 주지 스님은 어찌할 줄 모르고 계셨다.

나와 다른 한 분이 하나씩 맡아 올리기로 하고 내려가 지게를 지니 100킬로그램은 넘을 것 같았다. 한 번 지고 100미터도 못 가고 쉬어가고, 길어서 똑바로 걷지도 못하고 갈짓자 게걸음으로 가려니 얼마나 힘이 들었을까. 가파른 철계단은 지게에 얹은 나무가 걸려 까치발로 오르고, 그렇게 힘들게 1박 2일을 지고 와서 기둥을 올려놓으니 순조롭게 불사가 진행됐다. 지금 생각해 보면 체구도 작은 내가 무슨 배짱으로 기둥을 지고 올랐는지 알 수가 없다. 아마도 부처님께서 나에게 힘을 주시지 않았나 생각한다.

함석을 뜯어내고 기와로 갈아 얹으니 하루 50~60명 오던 신도들이 늘어나기 시작하여 150~200명씩 참배를 오기 시작했다. 30~40명이면 잠자리도 없는데 많은 신도들이 오시니 얼마나 힘이 들었을까. 밤새워가며 힘들게 기도를 해야 하고, 마당에 모닥불을 지피며 밤을 새우다 내려가곤 했다. 전화

초파일에

도 없고 우편물도 내려가야 찾는 형편이었으니 말이다. 그래도 신심으로 오시는 기도객들은 좋은 인연 만들어가고 '봉정암 신도'가 되어 몇 번씩 오시기도 했다.

1991년 적멸보궁 법당 불사가 마무리되고 하산할 즈음 부처님의 가피일까, 한 여인을 만났다. 산에서 만난 인연은 그때뿐이라고 생각하고 있었다. 이름도 모르고 헤어진 여인은 그다음 해 겨울에 설악을 다시 찾았다고 한다. 백담산장에서 하루를 묵고 산장지기에게 나에 대해 물어보니 전화번호를 알려주더란다. 1년여 만에 나에게 전화를 한 것이다. 그 인연으로 결혼해 두 아들을 두고 소박하지만 편안하고 행복하게 살고 있다. 부처님의 가피란 이런 것인가? 여자에게 관심도 없던 나에게 어질고 순박한 여인을 보내주셨다. 봉정암에서 힘들었던 생활의 보상을 크게 받았으니 앞으로도 부처님을 의지하여 많은 사람들이 부처님 말씀을 읽고 들을 수 있도록 정진해야겠다.

필자와 아내

용기

젊은 학생 셋이 등산을 왔다. 겨울방학을 이용하여 대학 입학 기념으로 설악산을 찾은 것이다.

용대리부터 걷기 시작하여 봉정암까지 올 생각이었던 것 같다.

그때는 눈이 왔다 하면 1미터는 기본이고 2미터까지도 내렸다.

요즘에는 50센티미터만 와도 통제를 하고 있으니 진정한 설악을 언제 볼 수 있을까?

이름이 말해주듯이 눈 설(雪) 자에 바위 악(嶽)을 써서 설악산이다.

겨울의 설악이 진정한 설악산임을 이르는 것인데, 눈이 조금 내렸다고 입산을 통제하고 있으니 설악을 좋아하는 산객들은 이해하기가 힘들다.

이야기가 다른 곳으로 흘러버렸다.

젊은이들은 걸어 걸어 힘들게 올라오다 지치고 힘이 들어 깔딱고개 위에서 야영을 했다.

장비라고는 텐트와 담요뿐, 입고 있던 옷도 청바지에 T셔츠, 점퍼에 운동화 차림이었다.

그곳은 바람도 많이 불어 겨울에는 잠깐 쉬기도 힘든 곳이다.

다녀봐서 알지만 얼마나 힘들었으면 그런 곳에 자리를 잡고 야영을 할까, 이해가 된다.

너무 자연을 얕보고 산을 우습게 생각했으리라. 산은 들고 나는 데 아무런 반응도 하지 않는다. 그저 묵묵히 바라볼 뿐이다. 느끼는 것은 사람들 몫이고, 즐기는 것도 사람들 몫이다.

깔딱고개를 올라섰으면 다 온 것인데 어둡고 지리를 몰라 그 자리에서 주저앉고 만 것이다.

아침에 속초에 가려고 채비를 하고 있는데 젊은이 한 사람이 친구를 구해달라고 헐레벌떡 올라왔다.

사연을 들어보니 올라오다 지쳐 야영을 했는데 새벽 도량석 목탁소리에 절이 멀지 않다는 생각을 했지만 춥고 어두워 움직일 수가 없었다고 한다. 친구가 얼어서 꼼짝을 하지 않는다고 했다.

한달음에 달려가보니 입고 있는 청바지와 옷은 얼어 있고 온몸도 얼어서 굳어 있었다. 팔과 다리는 꺾인 채로 얼어 있었다. 다행히 숨은 쉬고 있어 침낭에 넣고 봉정암까지 끌고 와 마사지와 따뜻한 물로 몸을 녹이니 그제야 조

설경의 백담계곡

금씩 움직이기 시작했다.

속초에서 시장을 보고 올라오니 그 친구들은 회복되어 떠나고 없었다.

부처님의 가피로 한 생명을 살려주신 것이다.

산은 누구나 품어주지만 준비가 소홀하고 체력이 달리면 포기할 줄도 알아야 한다. 그때 그 친구들 중에 누구라도 이 글을 본다면 연락이 되어 지난 이야기를 나누며 공양이라도 했으면 좋겠다.

아마도 설악산, 하면 생각하기도 싫겠지만 평생 잊지 못할 추억을 만들었다고 생각하면 그 또한 즐거운 일이 아닐까.

간절한 기도

봉정암이 기도가 잘 되고 부처님의 가피를 잘 받는다는 소식을 들은 한 보살님의 이야기다.

무릎 관절이 좋지 않아 봉정암을 가려고 해도 엄두가 나질 않았다. 평지에서도 걷기 힘든 상황임에도 원을 세워 봉정암 부처님을 친견하기로 마음먹고 길을 나섰다.

백담사까지 걸어 다니던 시절이었으니 오래전 일이다.

백담사까지 걸어 들어오니 무릎이 평소보다 덜 아프고 힘이 절로 나는 것 같았다.

하루를 백담사에서 자고 다음 날 봉정암까지 가기로 하고 일찍 서둘러 출발하였다. 점심 준비로 주먹밥을 만들어 걸망에 챙기고 길을 나섰다. 계곡의 절경에 힘든 줄도 모르고 올라가는데 무릎에 아무런 통증도 느껴지지 않았다.

부처님께서 봉정암을 친견하라는 가피로 알고 여유 있게 한 발 한 발 옮겨놓았다고 한다. 그러나 수렴동 대피소를 지나 얼마를 오르니 무릎이 조금씩 아파오기 시작했다.

부처님 도와주십시오. 석가모니불. 석가모니불.

입에서는 저절로 부처님의 명호가 새어 나오고 있었다.

아픈 다리를 이끌고 한 발 한 발 움직일 때마다 "아이쿠, 석가모니불!" 소리가 절로 나왔다.

쌍폭을 지나니 도저히 한 발자국도 움직일 수가 없었다.

어찌해야 하나. 일행들에게 미안하기도 하고 힘은 들고 다시 내려가야 하나 갈등이 생겼다. 하지만 여기까지 와서 되돌아갈 수는 없는 노릇이었다.

한 발 옮기고 한숨 한 번 쉬고, 다시 한 발짝 가고 한숨 한 번 쉬고, 그러다보니 깔딱고개 밑에까지 왔다.

위를 올려다보니 아찔하다. 이 고개를 어찌 올라야 할지 막막하다.

날도 어두워지고 있다. 그러나 이 고개만 올라가면 된다고 일행들이 힘을 북돋아주고 이끌어준다.

몸은 천근만근 이대로 여기서 자고 싶다.

"부처님 이 중생을 인도하여 무사히 봉정암에 닿게 해주세요!"

정말 간절히 애원하였다.

네 발로 기어서 고개를 올라서니 봉정암의 기도소리가 들렸다.

정말 이제는 다 왔구나 생각하니 환희심이 일어났다.

성치 않은 다리로 부처님을 친견한다는 마음에 플래시를 켜들고 가니 봉

보살님들의 기도길

정암 불빛이 비치기 시작한다.

"드디어 봉정암이구나. 꿈에 그리던 봉정암, 부처님 감사합니다. 이 몸이 이곳까지 왔습니다."

눈물이 펑펑 쏟아졌다. 창피한 줄도 모르고 북받치는 설움을 토해냈다. 한 업장이 스르르 녹아내리는 듯했다. 온몸의 피로가 싹 가신 듯 피곤함도 잊어버렸다.

예닐곱 명이 들어갈 수 있는 좁디좁은 법당에는 많은 신도들이 기도를 하고 있었다. 두 줄로 서면 엉덩이가 닿아 절을 할 수도 없는 법당이었다.

피곤한 몸을 누일 곳도 없어 쪼그리고 밤을 샜지만 피곤함은 어디로 갔는지 힘이 절로 났다. 모두들 내려가고 한산한 틈에 법당에서 108배를 마치니 무릎이 가벼워졌음을 느꼈다.

그리 괴롭던 통증도 사라지고 없었다. 진신사리탑에 올라 다시 108배를 하고 하산하는데도 아무런 통증도 느껴지지 않았다. 정말 부처님의 가피를 제대로 받았다는 생각에 환희와 즐거움이 가득했다. 봉정암 진신사리탑 부처님을 친견했다는 마음에 가벼운 마음으로 귀가하였다. 환희심에 상기된 모습을 본 가족들은 무사히 집에 돌아온 것을 반기며 축하를 해주었다.

이 사연을 들은 주위의 보살들이 함께 봉정암을 가자고 조르는 바람에 단골 신도가 되었다. 토요일만 되면 봉정암에 같이 가자는 보살들을 데리고 매주 친견을 하였다. 벌써 수십년을 다니다보니 수백번은 친견했다고 한다. 지금이야 1박 2일이면 가능하지만 그때만 해도 2박 3일은 걸려야 봉정암 사리탑을 친견할 수가 있었다.

이 가피로 봉정암의 불사와 많은 신도들을 인연 맺게 한 공덕은 짐작할 수 없을 것이다. 일념으로 봉정암을 친견한다면 부처님도 감응하시리라 믿어 의심치 않는다.

소원성취

중풍으로 왼쪽 다리가 불편한 보살님이 있다.

2010년 무렵 우연한 기회에 인도네시아 자바섬에 있는 보로부두르 사원을 참배하게 되었다.

그 여행에 함께한 일행 중 한 분이 중풍으로 한쪽 다리가 불편한 몸으로

보현성 보살님 미소

동참을 하게 되어 인연이 되었다.

보로부두르 사원이 있는 인도네시아 자바섬과 수마트라섬은 7세기까지 인도에서 건너온 왕조들이 지배하였다. 동남아시아의 불교 신앙의 중심이었던 보로부두르는 알 수 없는 이유로 12세기에 버려진 뒤 1814년 자바 지사 스탬퍼드 래플스 경이 다시 발견해낼 때까지 화산재 속에 묻혀 방치되어 있었고 한다.

정사각형의 피라미드식 대탑은 계단식 10개 층으로 만들어졌다. 각 층마다 부처님의 설법을 조각으로 설명해놓았고 위로 한 층씩 올라갈 때마다 경지가 다른 깨달음의 세계를 조각해놓았다. 7층까지 정사각이고 8층부터는 원형을 한 거대한 탑이다.

각 층마다 수많은 돌종(石鐘) 안에 부처님을 모셨는데 지금은 어찌된 일인지 불상의 불두는 없어지고 몇 개 남지 않았다. 맨 꼭대기의 종 안은 비어 있어 해탈을 의미한다고 한다.

불자님들은 한 번 가볼 만한 곳이다.

여행길에 봉정암 이야기가 나왔다.

일행 중에 다른 분들은 모두 봉정암을 참배하였는데 보살님만 참배를 하지 못했다고 했다. 불편한 다리로 봉정암을 참배하려니 감히 엄두를 못 내고 계셨던 것이다.

그 보살님은 봉정암 참배하는 것이 소원이라고 말씀하셨다.

힘들고 험한 그 길을 가실 수 있겠느냐고 하니 누가 동행해주면 갈 수 있을 것 같다고 하셨다.

그 원력에 마음이 동한 내가 그럼 같이 가보자고 하니 망설이신다.

너무 폐를 끼치지 않을까 걱정하신 것이다.

2박 3일 날을 잡아 참배에 나서기로 했다. 보살님의 딸과 함께 막상 길을 나서는 나도 기대 반 걱정 반으로 백담사에 도착하여 공양을 하고 수렴동까지 가기로 했다.

이 길은 그래도 수월하니 무리 없이 갈 수 있겠다 싶었다.

불편한 다리로 한 걸음 한 걸음 옮길 때마다 온 신경이 집중되었다.

길은 평지나 다름없지만 산길이라는 것에 걸음은 느리기만 하였다.

"천천히, 서두르지 말고 갑시다. 늦어도 괜찮으니 쉬엄쉬엄 갑니다."

안심시키며 걷노라니 5시간 만에 수렴동에 도착하였다.

일반인들보다 2시간 반이 더 걸렸다.

내일은 오늘보다 길도 험하고 가파르니 여유 있게 가자고 마음먹었다.

간단한 저녁 공양을 마치고 편안히 잠자리에 들었다. 오랜만에 수렴동에서 자는 것이다. 새로 지어진 대피소는 자는 사람도 없고 조용해서 산의 적막함을 즐기기엔 안성맞춤이다.

5시에 기상하여 6시에 출발, 아침은 올라가다가 먹기로 하고 구곡담계곡으로 빠져 들어간다. 보살님도 그 딸도 자연의 아름다움에 연신 탄성을 지르며 한 구비 한 구비 돌아간다.

불편한 다리도 잊은 듯이 힘들이지 않고 오르는 보살님을 보며 조금 안심이 되었다.

계곡에 다리 아닌 다리를 놓고 난간을 만들어놓아 마음대로 쉴 곳이 마땅치 않아 계속 걸음을 옮겼다. 처음으로 설악산이라는 곳에 들어오신 기분이 어떠실지 궁금했다.

불편한 다리로 생각했던 것보다 힘들이지 않고 잘 올라가신다.

설악의 기운이 다르긴 다른가 보다. 봉정암 부처님을 친견하고자 하는 모든 분들에게는 마음만 내면 누구라도 친견할 수 있다는 신념을 주시는 듯했다.

관음폭포 아래서 아침 공양을 하며 마음속의 업장을 흐르는 물에 떠내려 보내는 시간을 가졌다.

관음폭포의 108철계단을 오르는 것은 성한 사람도 숨이 넘어갈 듯하다.

이어지는 설악의 풍광에 마냥 신이 난 보살님은 힘든 것도 잊은 듯 연신 탄성을 쏟아낸다.

용아장성의 기암절벽과 쌍폭의 요란한 굉음에 넋을 빼앗기고 말았다.

이제 힘든 구간은 한 고비 넘었다. 마지막 깔딱고개만 넘으면 된다. 절반을 올라온 것이다.

쉬엄쉬엄, 느리지만 느리지 않은 속도로 오른 것이 벌써 쌍폭을 지났다.

소리 없이 비가 내린다. 흐르는 땀을 식혀주기라도 하듯, 이마에 맺힌 땀방울이 주르륵 흘러내린다.

지혜샘에서 물 한 사발 들이켜고 마지막 힘을 내어 깔딱고개를 향하여 간다. 깔딱고개를 올려다보는 모습에 아득함이 묻어 있다.

이 가파른 비탈길을 어찌 올라야 하는가 하는 탄식과 봉정암에 가까이 왔다는 안도감이 겹쳐 야릇한 표정을 지어 보인다.

나는 깔딱고개를 해탈고개로 바꾸어 부르고 싶다. 이 고개를 올라가면 해탈할 수 있을 것 같은 기분이 들기 때문이다.

부처님의 마지막 고행이라고 할까. 봉정암을 참배하고자 하는 신도님들의 마지막 고행의 관문이기도 하다.

어렵게 힘들어 오르니 수렴동에서부터 따라온 솔바람과 봉정암의 목탁소리가 힘든 여정을 녹여준다.

드디어 다 왔구나.

안도의 숨을 내쉬며 봉정암 뜰에 발을 들여놓으니 세상 모든 것을 얻은 기분이다. 12시 20분. 6시간 30분 걸려 감히 내가 이곳 봉정암 부처님 곁에 왔구나. 이제 한 가지 소원을 이루었구나. 보살님의 표정을 보니 만감이 교차하는 모양이다.

고맙습니다. 감사합니다. 부처님 이 몸을 이끌고 여기까지 왔습니다.

부디 부처님의 가피로 이 중생의 소원이 이루어지도록 도와주십시오.

결핵 완치

봉정암 적멸보궁 법당 생활을 마무리하고 하산한 지 25년.

매년 초파일 즈음이면 연례행사로 봉정암을 참배하였다. 해마다 네댓 번을 참배했으니 백 번쯤 참배하지 않았나 생각된다.

연초에 건강검진에서 이상소견으로 대학병원에 가서 2차 진료를 받으라는 통보를 받았다. 입맛이 떨어지고 체중이 주는 것이 아무래도 건강에 이상이 생긴 것은 분명했다.

대학병원에서 다시 검사와 진료를 받으니 결핵 진단이 나왔다.

요즘 같은 시절에 우리나라에 결핵이 있을까, 의심도 해보았다. 그러나 의외로 병원에는 결핵 환자가 많았다. 후진국 병이라는 결핵이 선진국으로 도약하는 우리나라에 이렇게도 많다는 것에 새삼 놀라기도 하였다.

진단으로는 2년은 치료를 해야 완치가 된다고 했다. 8개월을 주사와 약으로 치료를 받고 약은 계속 복용해야 한다고 한다.

2017년 초파일이 다가왔다. 올해도 봉정암을 참배해야 하는데 기운도 달리고 등산도 소홀히 해서 올라갈 수 있을까 걱정도 되었다. 해마다 참배를 했으니 천천히 가기로 하고 설악산으로 출발하였다. 설악을 보니 기운이 솟아나고 몸이 가벼워지는 것은 예나 지금이나 마찬가지였다. 봉정암에 도착해 탑을 향해 삼배를 올리는 순간이면 지금도 눈물이 난다. 아직 녹일 업장이 많이 남았겠지만 말이다.

사무장과 얼굴을 마주하는 순간 사무장께서 얼굴색이 너무 안 좋다는 말을 한다. 결핵 때문이라고 하니 무슨 결핵이냐고 핀잔을 주었다. 건강하기만 한 사람이 결핵이라니 말이 되느냐는 듯. 방을 배정받고 지금은 큰 법당을 지어 요사채로 쓰고 있는 옛 법당에서 삼배를 하고 나오는데 순간 가슴에서 조그만 멍울이 터지는 것을 느꼈다. 순간, 입안에 피가 한 입 고였다.

이게 무엇인가?

그러나 가슴이 시원하고 기분이 상쾌함을 느꼈다. 부처님의 가피 아닐까 하는 생각이 들었다. 피를 뱉어내고 다시 몇 번 소량의 피를 뱉어냈다. 가슴이 시원하고 기분은 날아갈 듯 좋았다. 사무장이 건강에 신경 좀 쓰라고 당부를 하는데, "이제 가피를 받아 좋아질 것"이라고 농담 반 진담 반으로 말을 했다.

사리탑에 오르는 것도 가볍고 절을 하는 순간도 마음이 상쾌하니 분명 부처님의 가피를 받은 것이라 확신을 하였다. 하산하여 진료를 받으러 병원에 가서 검사를 받았다. 결핵균이 모두 없어졌다는 소견을 받았다. 하지만 재발을 방지하기 위하여 약은 계속 복용해야 한다고 한다.

이제는 몸이 좋아져 살도 많이 붙고 예전 모습으로 돌아왔다. 분명 부처님의 가피를 받은 것이다. 힘들게 참배를 하고 피를 토하는 참배길이었지만 결핵을 퇴치하였다니 무엇보다 고맙고 감사할 따름이다. 앞으로도 걸음이 허락하는 그때까지 봉정암 참배는 계속할 것이다. 나에게 설악산 봉정암은 인생을 살아가는 커다란 힘이 되어주고 있다.

봉정암 참배를 발원하신 모든 불자님들의 원력과 소원이

이루어지는 날까지 부처님은 항상 곁에서 지켜보고 계십니다.

이 글이 조금이나마 참배길에 도움이 되길 빌며 이만 줄입니다.

성불하십시오.

석가모니불 석가모니불 나무 시아본사 석가모니불.

발원문

삼보에 귀의하옵니다.

대자대비하신 부처님, 무량광명으로 모든 중생들을 보듬어 주시어 중생들의 힘이 되어 주셔서 감사합니다.

부처님께서 알려주신 지혜로 세상살이에 큰 힘이 되는 것을 진심으로 고맙고 감사하게 생각합니다. 건강한 신심이 생겨나고 원력이 이루어질 수 있도록 부처님 도와주십시오.

앞으로도 부처님의 말씀을 보다 많은 이들이 읽고 들을 수 있도록 정진하고 그 가르침을 실행할 것을 발원합니다.

축원문

봉정암을 참배하시는 모든 불자님들의 건강과 가내 평안하시고 뜻하신 소원이 이루어지도록 부처님 전에 고합니다.

큰 신심과 원력으로 먼 길 멀다 않고 참배해주신 불자님들 간절한 마음으로 소원하시는 바 빠른 시일 내에 이루시길 기원합니다. 부처님의 자비와 지혜로 불자님 모두 큰 뜻 이루시길 축원합니다.

설악산 국립공원 탐방안내도

용대리
46
남교리
만해마을
백담분소
Baekdam Ranger Station
남교리공원지킴터
Namgyori Park Ranger Post
위령비
응봉폭포
4.2km
옹탕폭포(복숭아탕)
두문폭포
2.7km
설악 11-09
1.2km
0.5km
대승령
Daeseungry
설악 11-06
0.7km
설악 11-04
2.0km
대승폭포
장수대분소
Jangsydae Ranger S

행복한
대한민국을 여는
정부3.0
국민과의 행복한 동행, 정부3.0

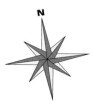

N

■ 탐방로 구간별 난이도

매우쉬움	쉬움	보통	어려움	매우어려움
Easy	Moderate	Intermediate	Advanced	Expert

※ 난이도는 거리, 경사도, 노면의 상태, 암릉·암반의 유무 등을 감안하여 산출되었으며, 개인의 체력에 따라 약간의 차이가 있을 수 있습니다.

백송 이규만

1959년 경기도 이천 원적산 아래 작은 마을에서 태어났다. 어린 나이에 서울로 상경하여 사회생활을 시작하며 산을 즐겨 찾았다. 1986년 여름휴가 때 설악산에 들어가 봉정암에서 7년 동안 부목으로 살며 봉정암 불사에 동참하였다. 그 인연으로 불교출판사인 불교시대사에 입사하여 18년을 근무하고 현재 불교시대사와 참글세상 대표를 맡고 있다. 부처님 법에 의지하여 그 법을 따르고 행하며 문서포교에 매진할 것을 원력으로 삼아 하루하루 책임감 있게 살아가려고 애쓰고 있다.

설악산 봉정암 가는 길

초판 1쇄 펴낸 날 2018년 2월 20일

지은이 이규만
펴낸이 이규만
책임편집 위정훈
디자인 강국화
펴낸곳 참글세상
출판등록 2009년 3월 11일(제300-2009-24호)
주소 서울시 종로구 인사동 7길 12 백상빌딩 1305호
전화 02-730-2500
팩스 02-723-5961
이메일 kyoon1003@hanmail.net

ⓒ 이규만, 2018

ISBN 978-89-94781-54-9 (03810)

· 잘못된 책은 교환해 드립니다.
· 이 책은 저작권법에 따라 보호받는 저작물이므로 무단전재와 무단복제를 금지하며, 이 책 내용의
  일부를 이용할 때도 반드시 지은이와 출판사의 서면 동의를 받아야 합니다.
· 이 책의 수익금 1%는 어린이를 위한 나눔의 기금으로 쓰입니다.